M O N I Q U E   F E L I X

THE WIND

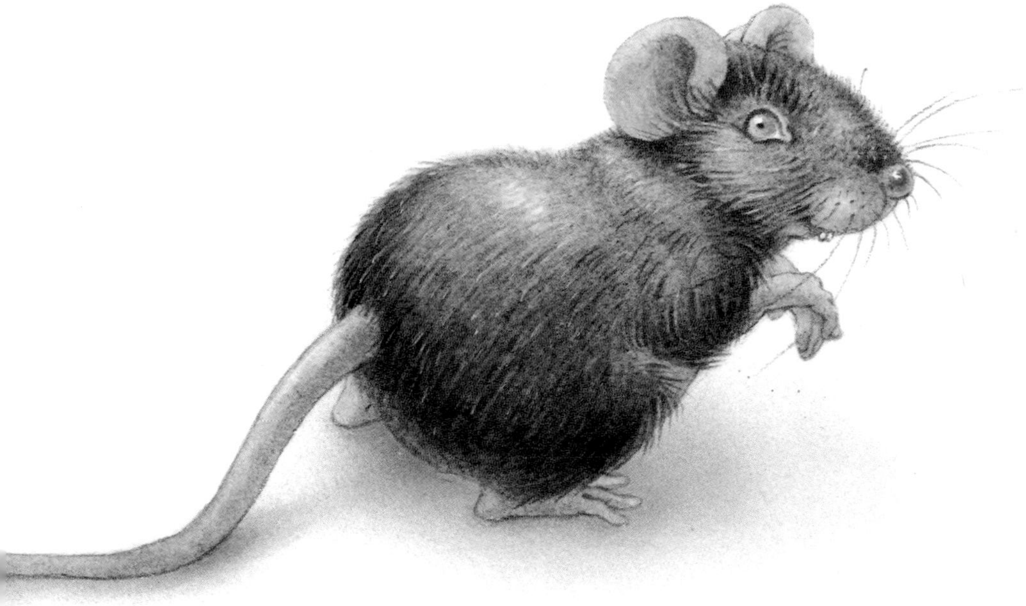

CREATIVE EDUCATION
MANKATO

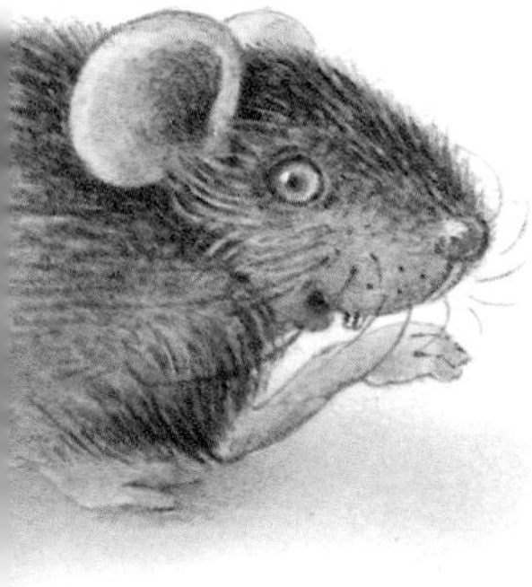

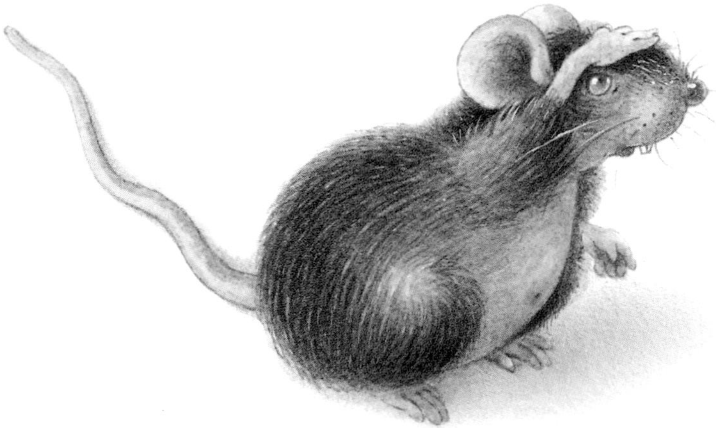

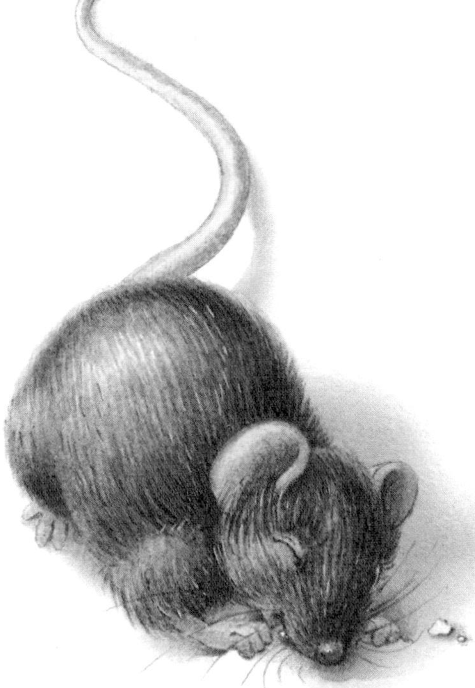

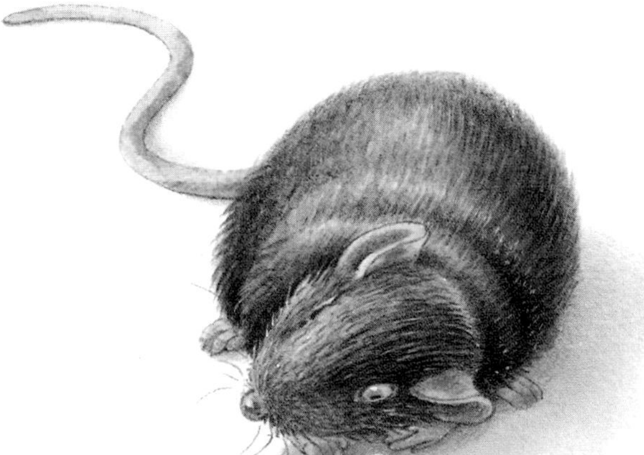

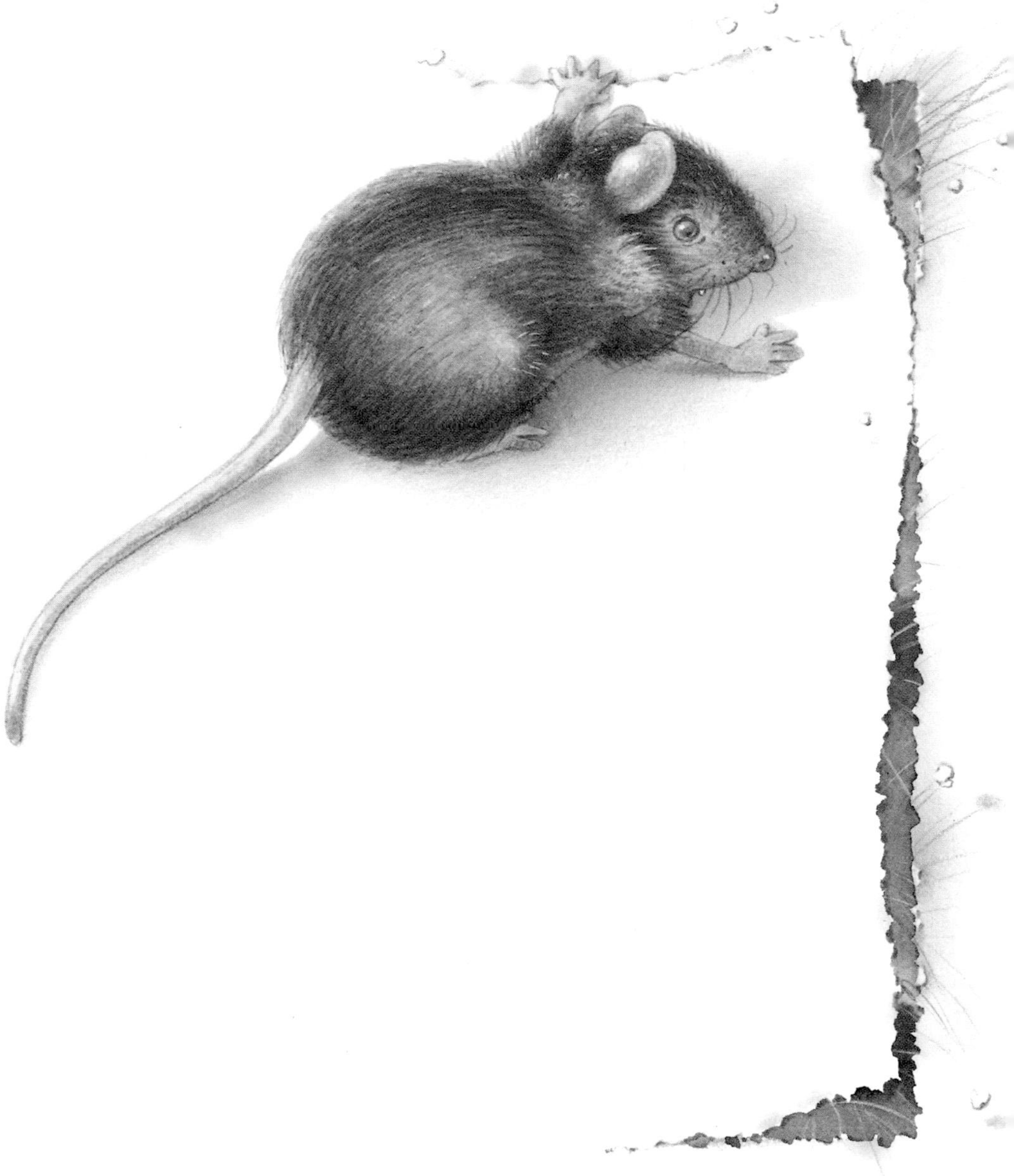

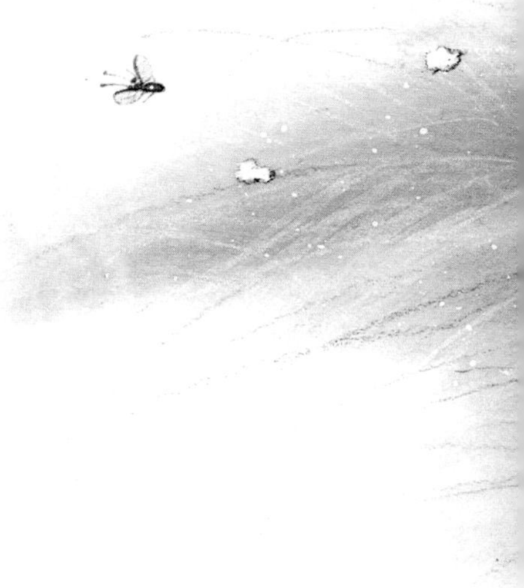

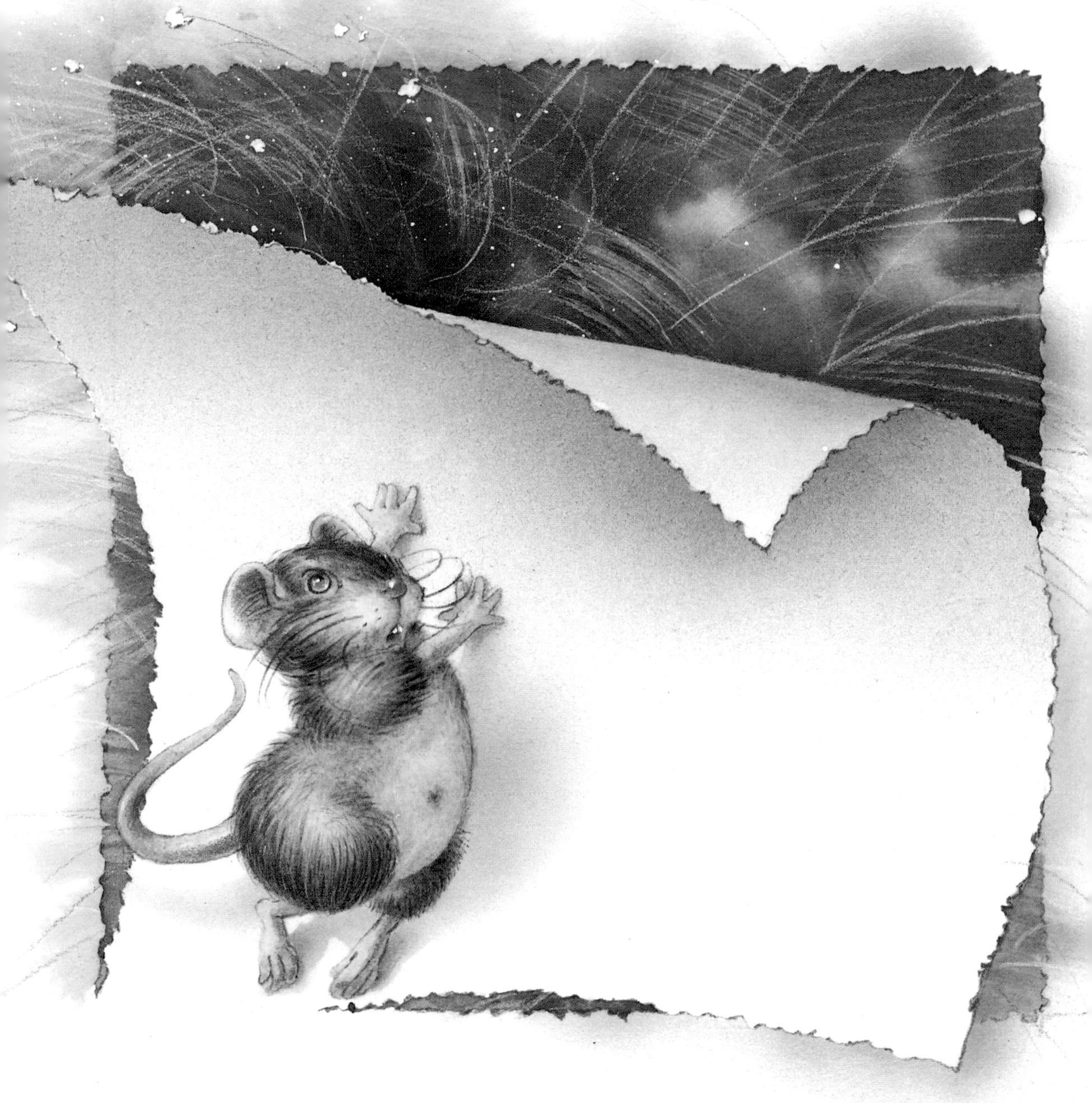

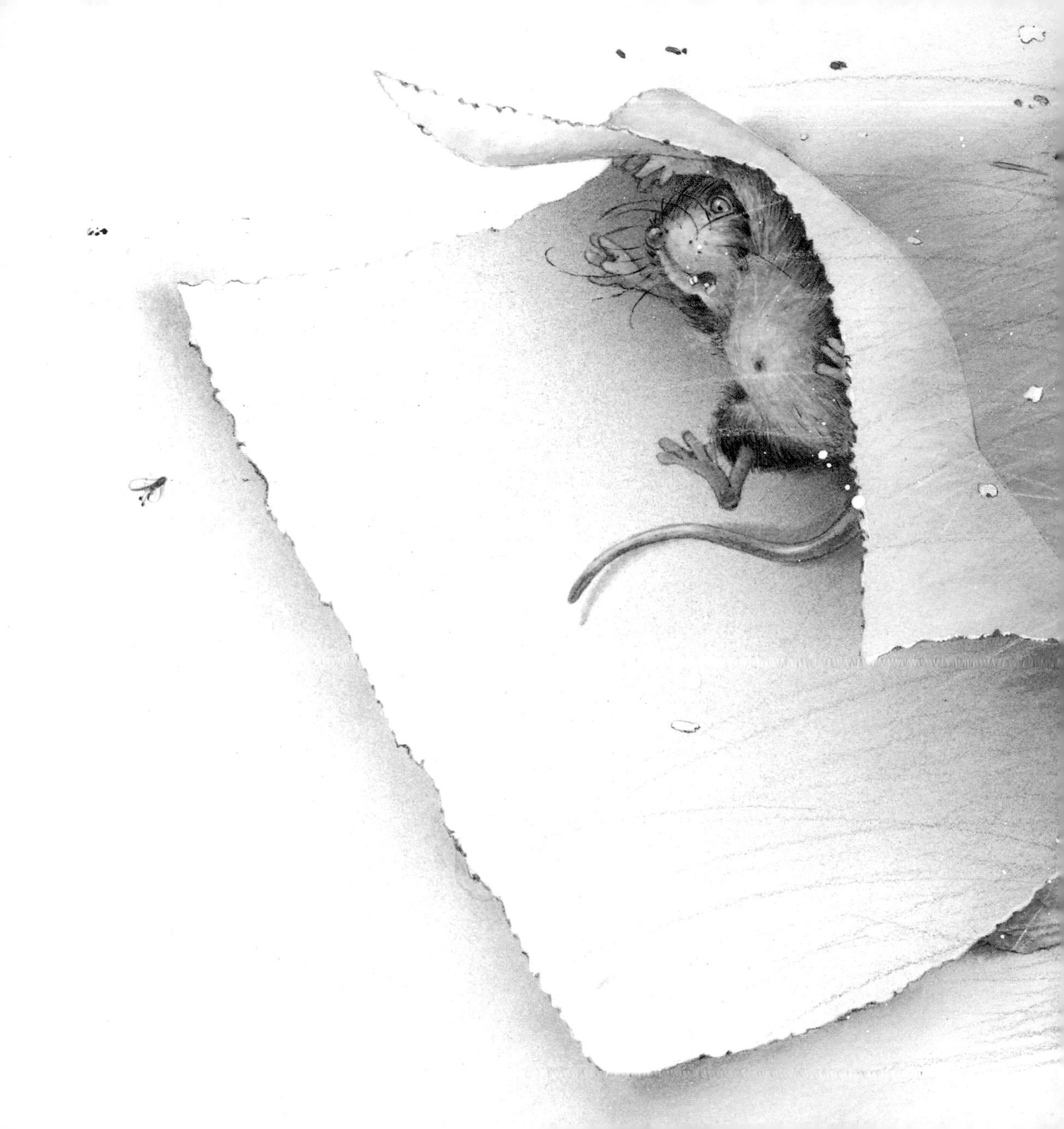

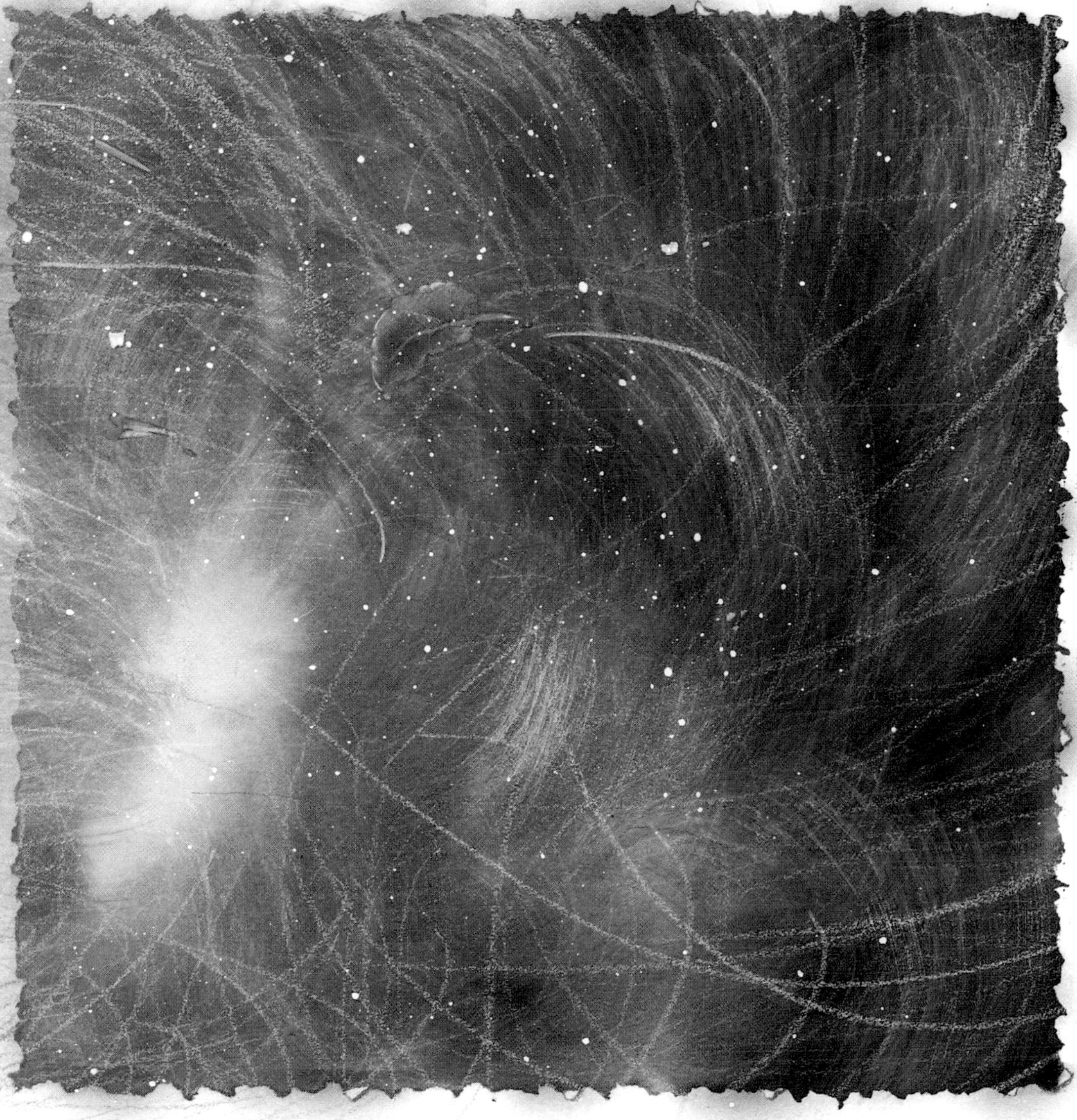

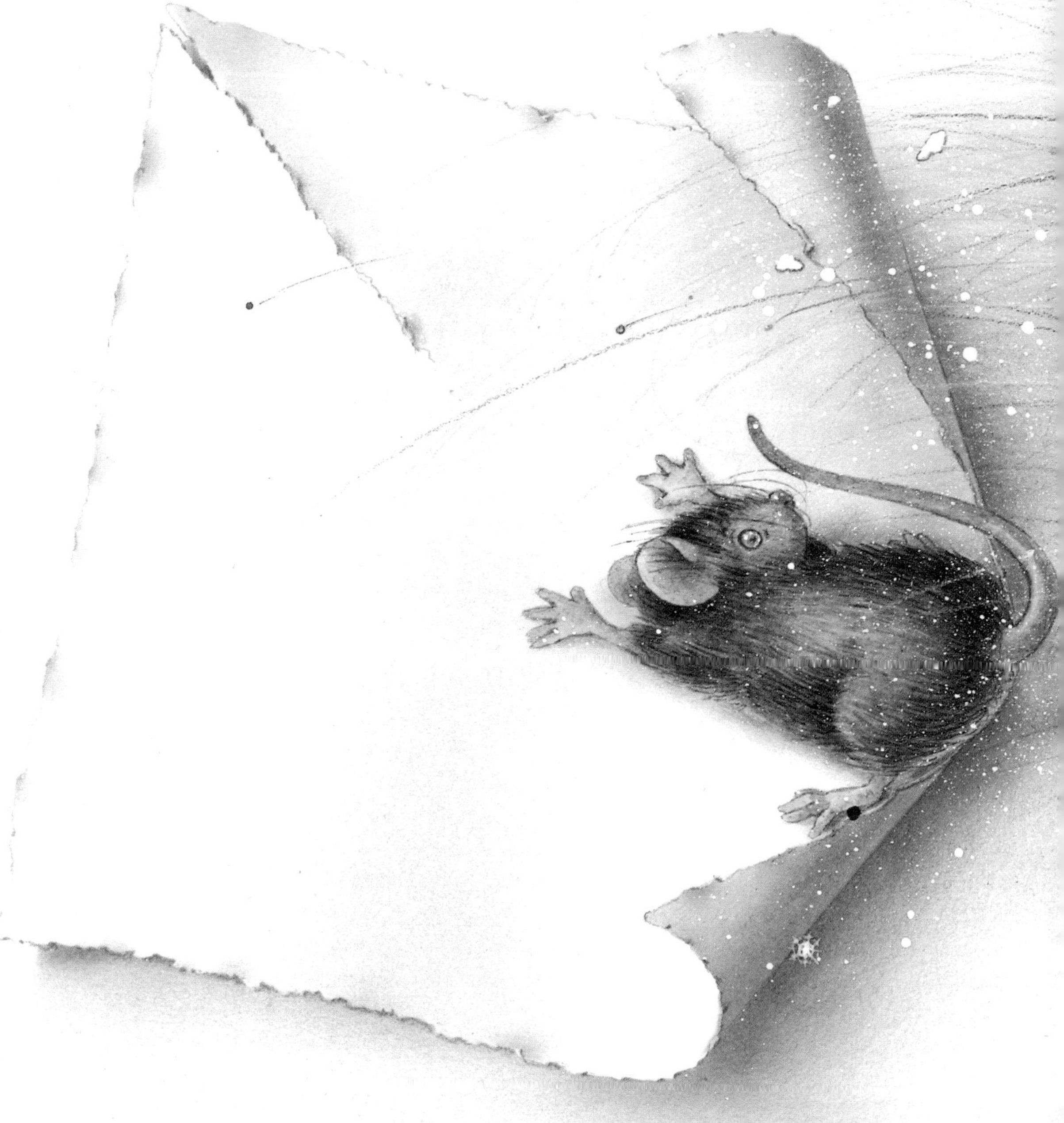

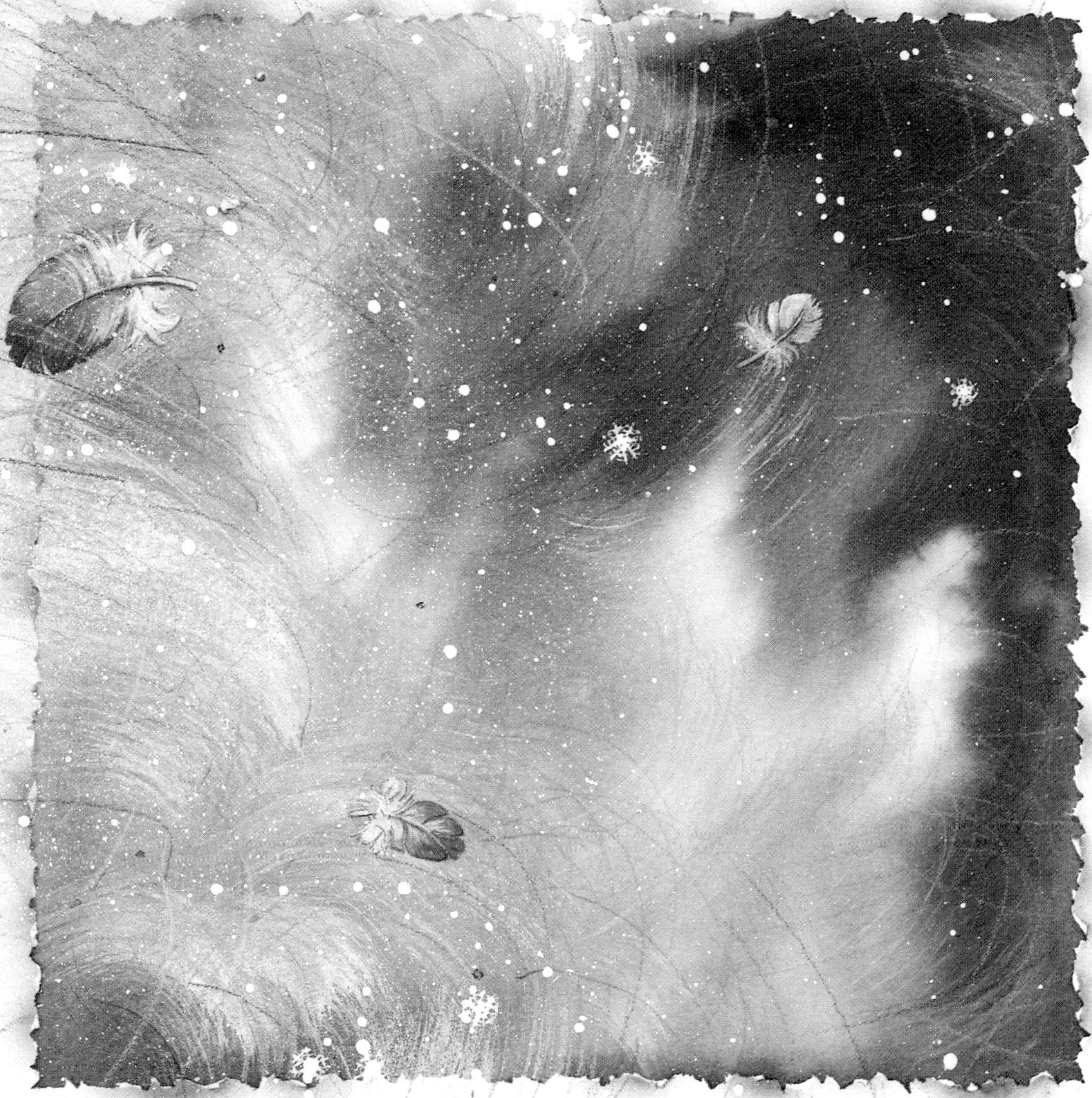

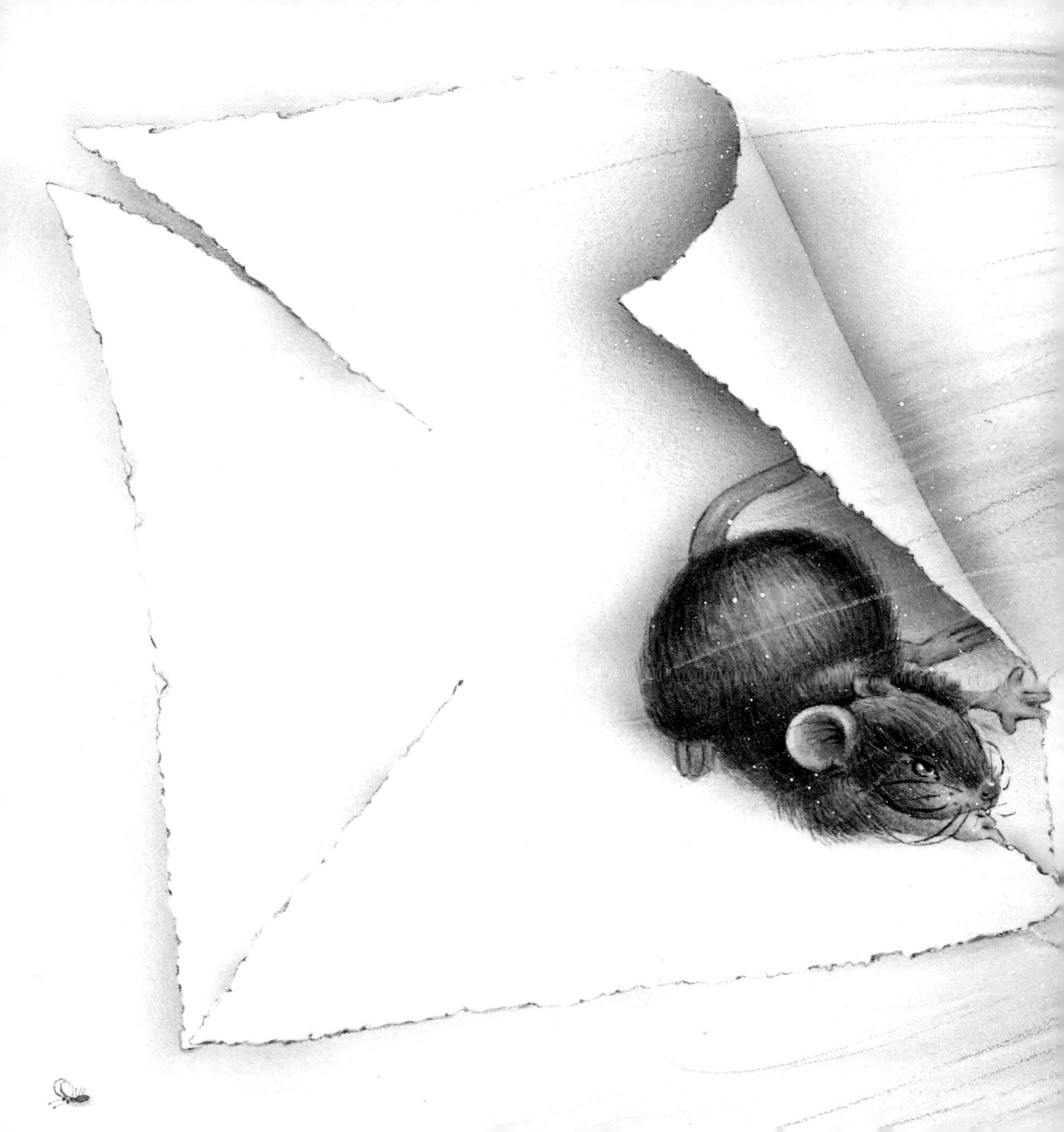

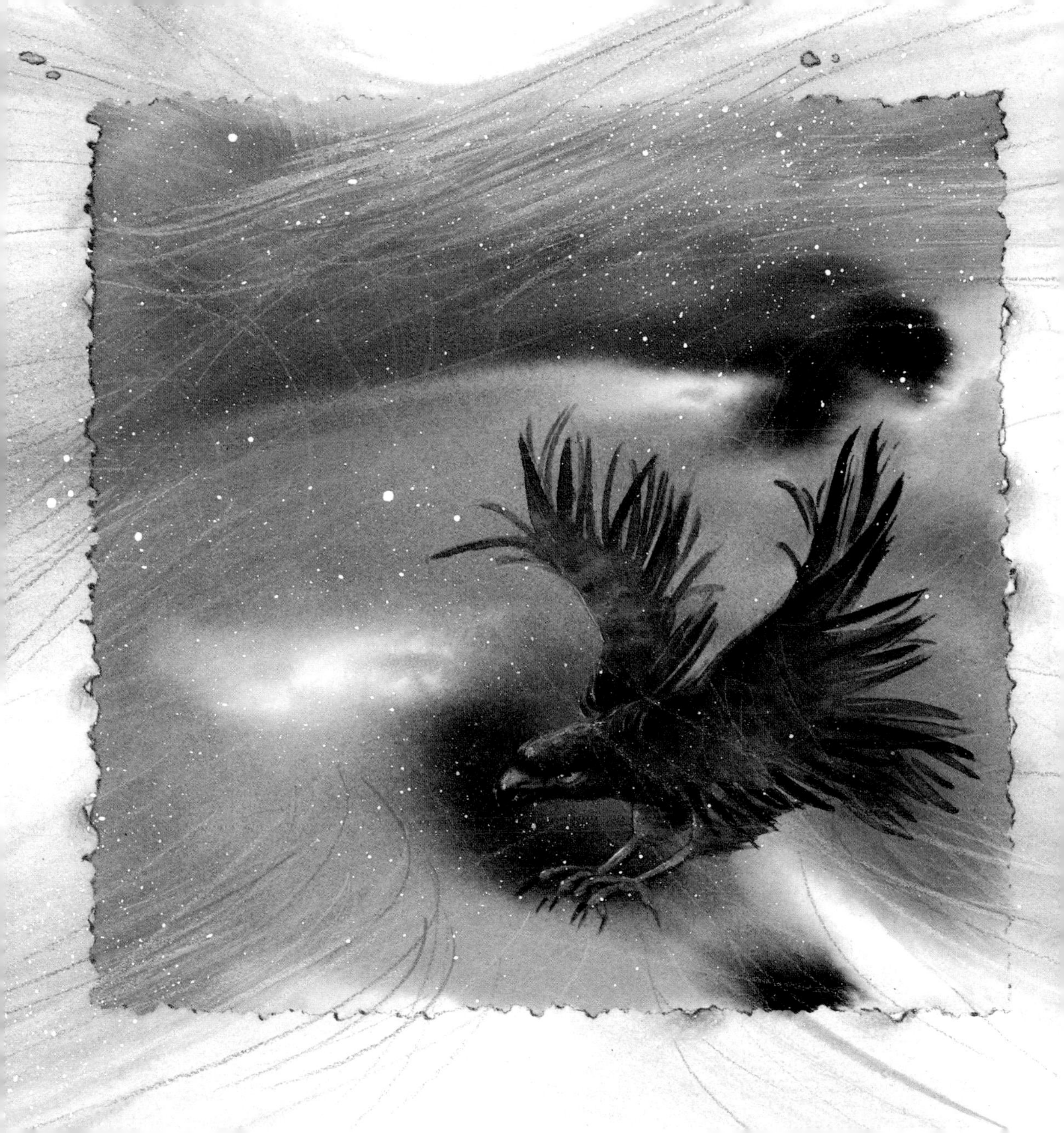

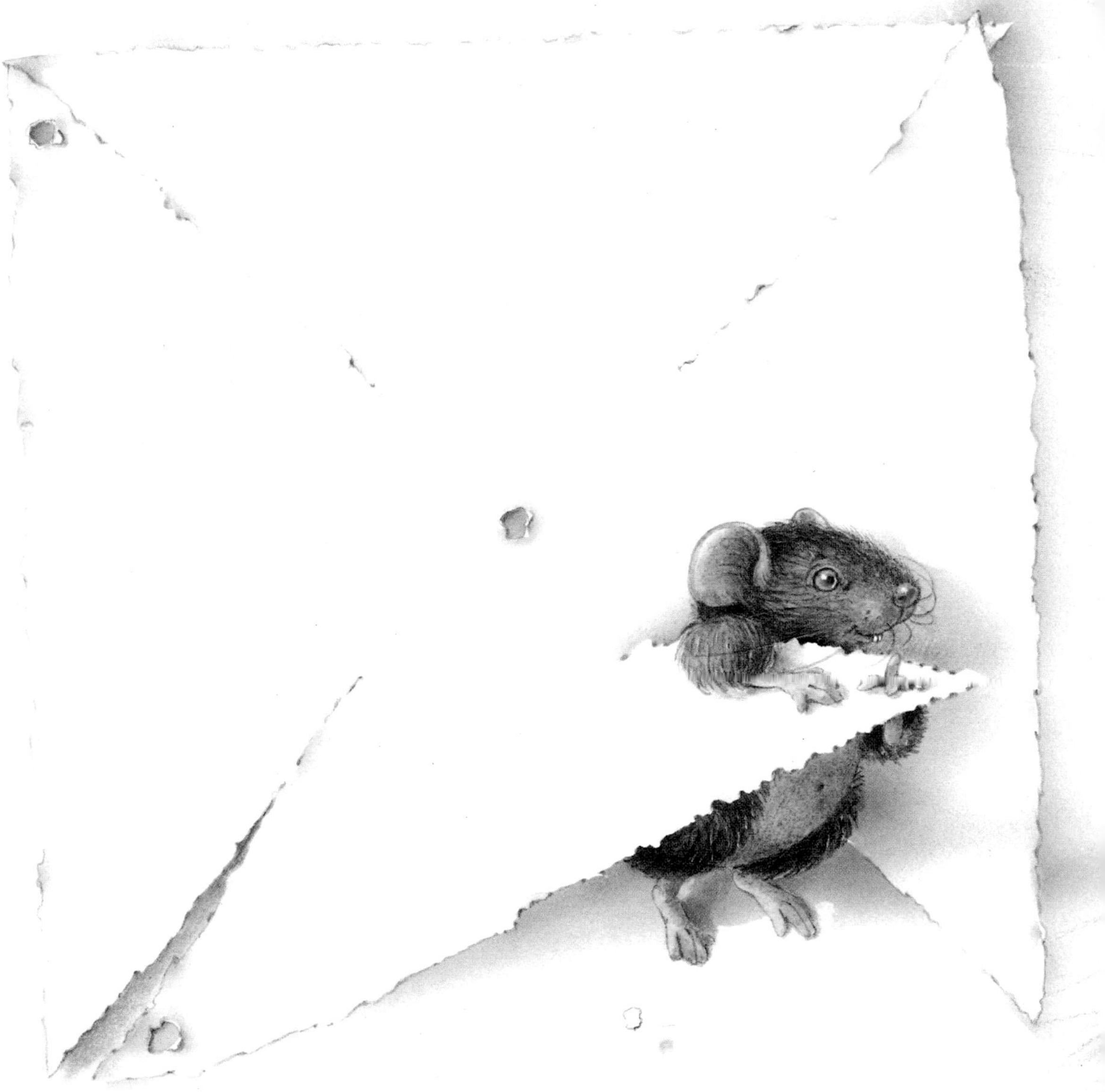

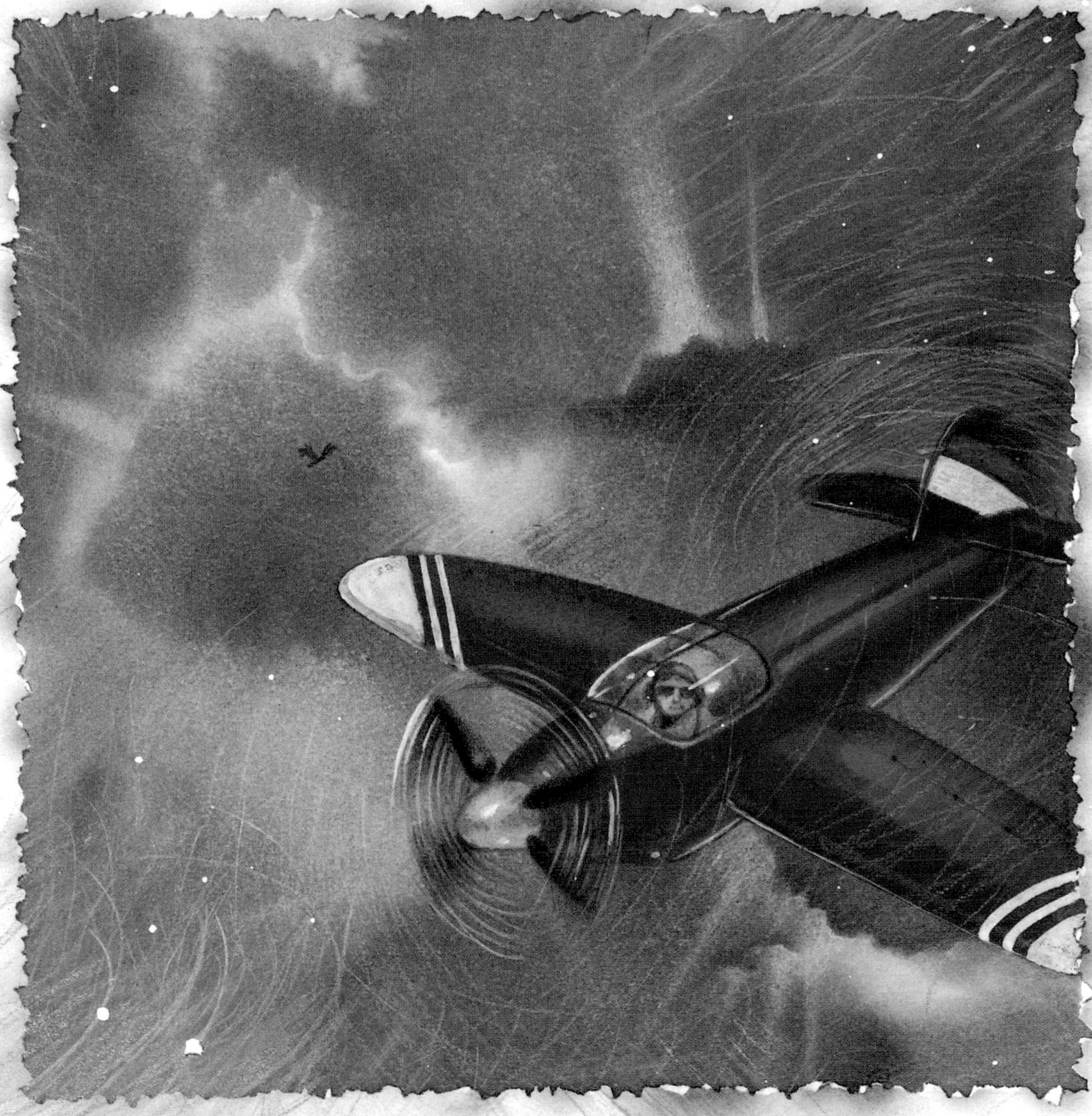

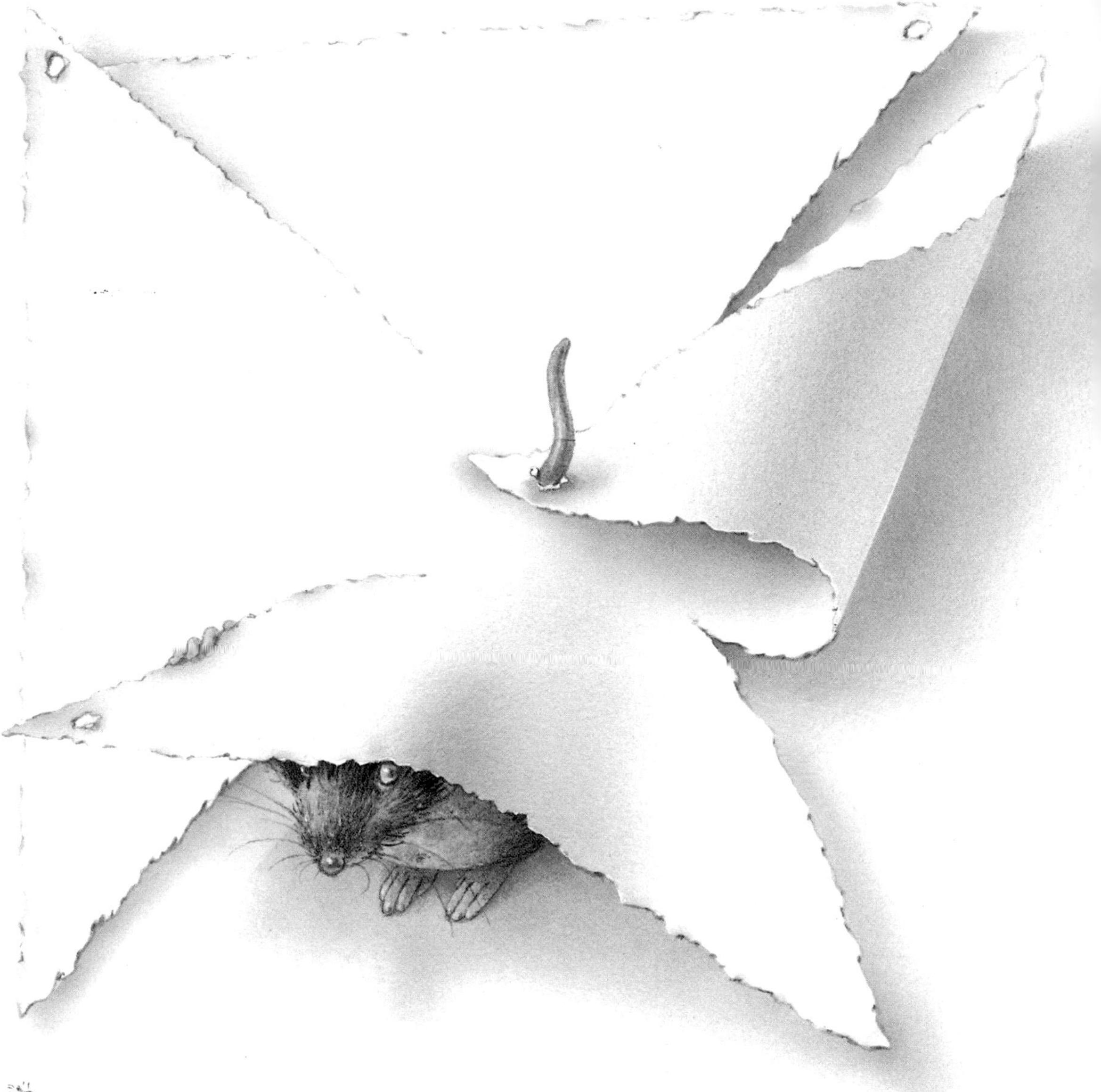

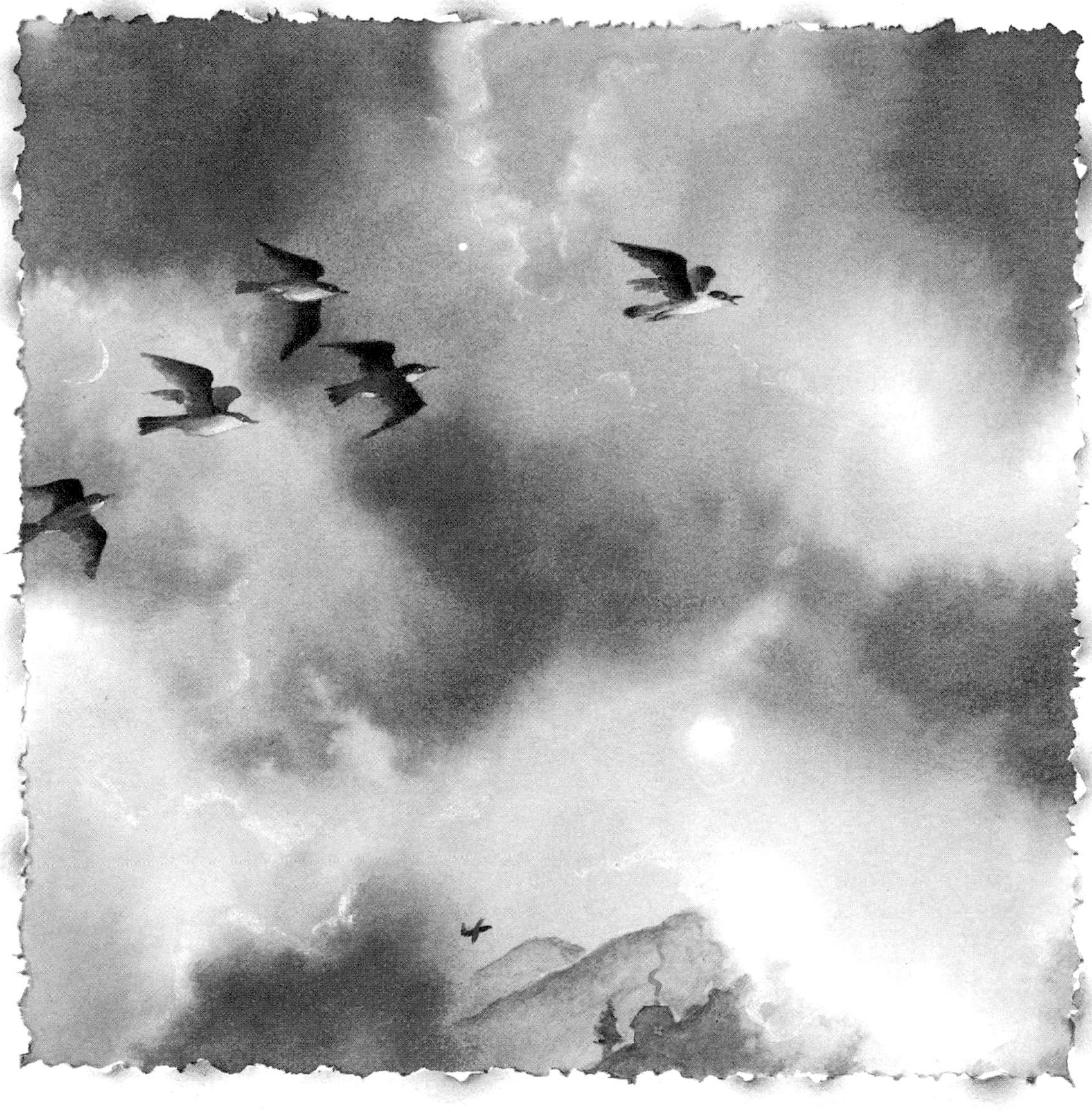

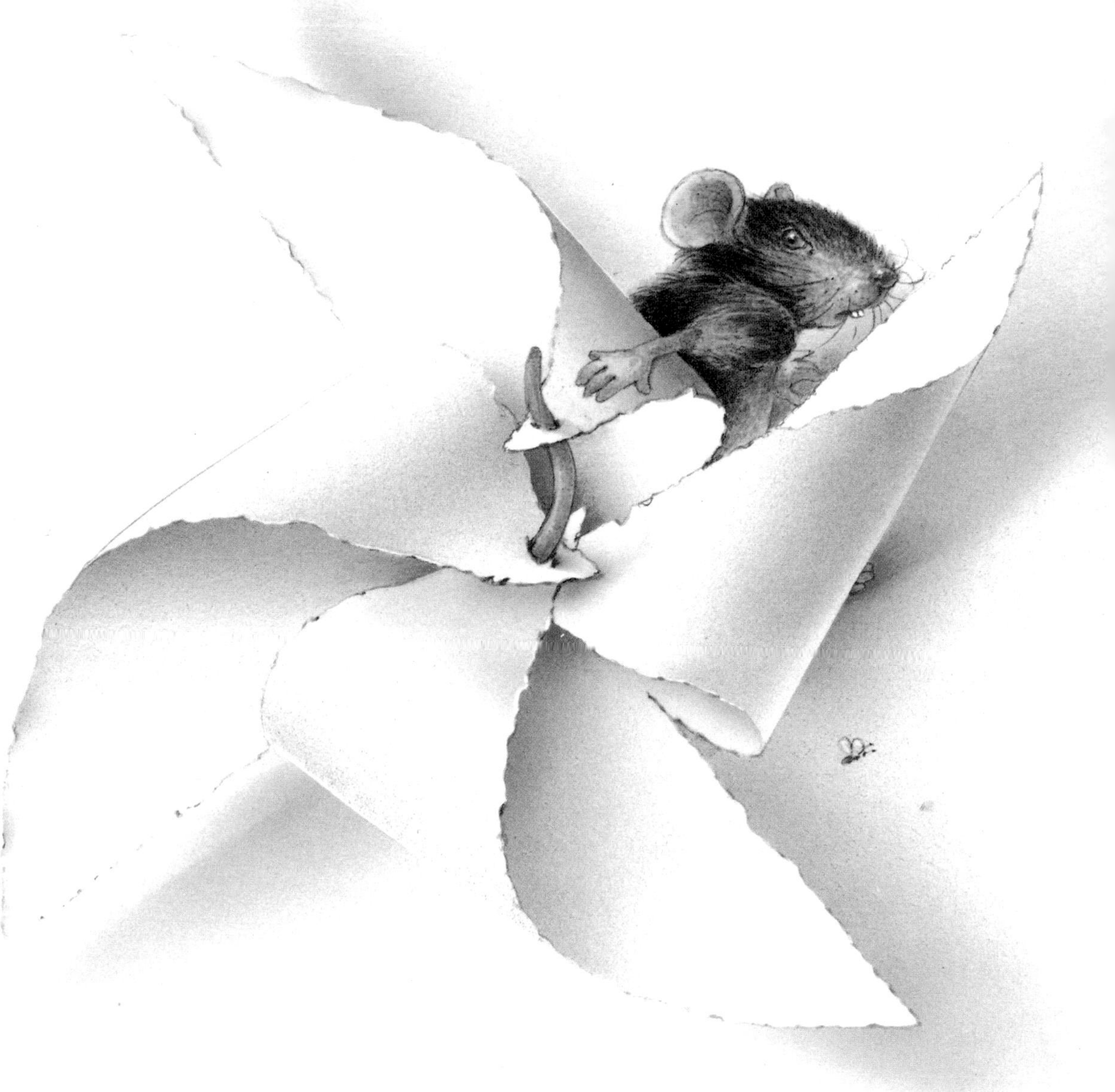

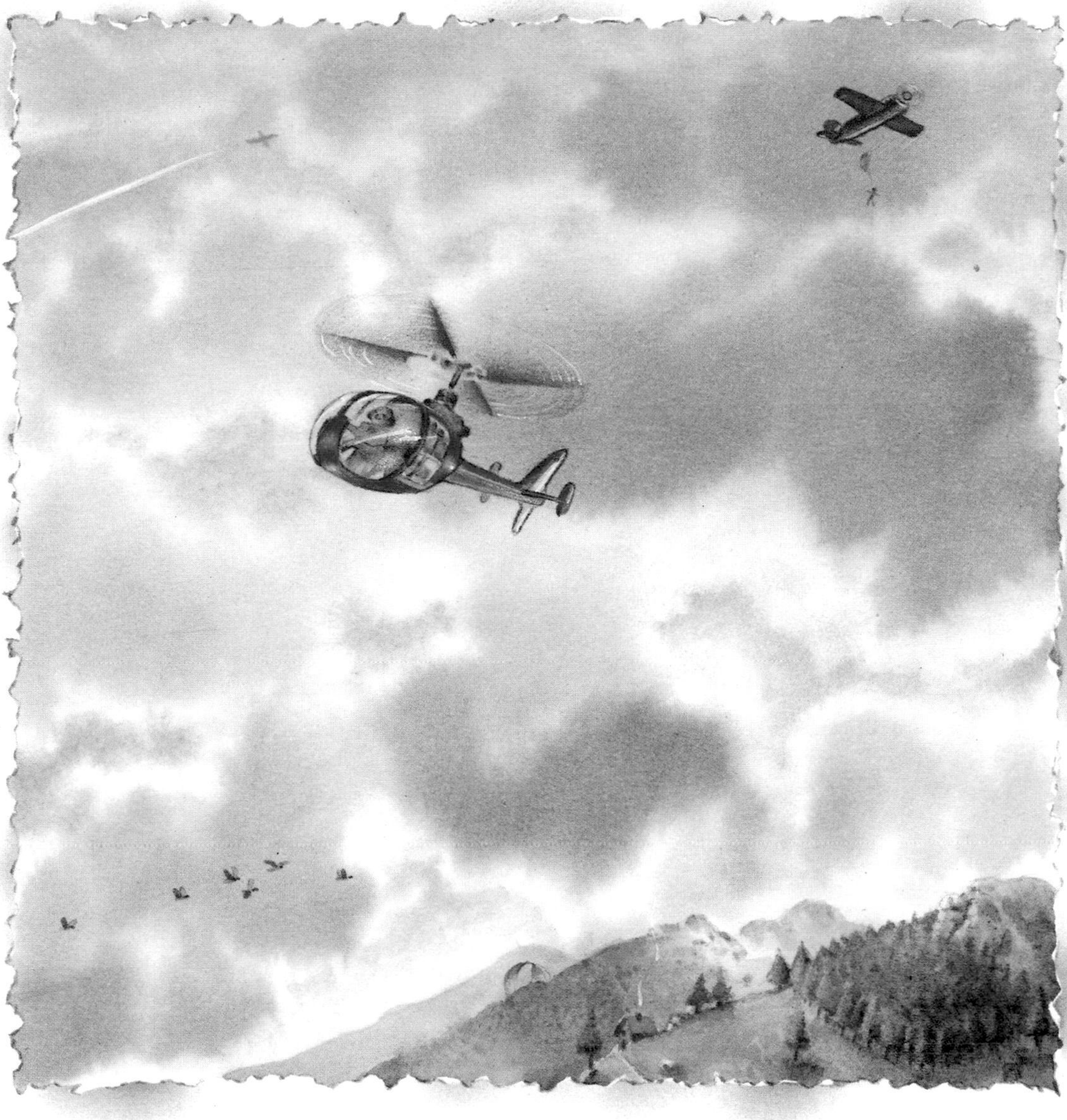

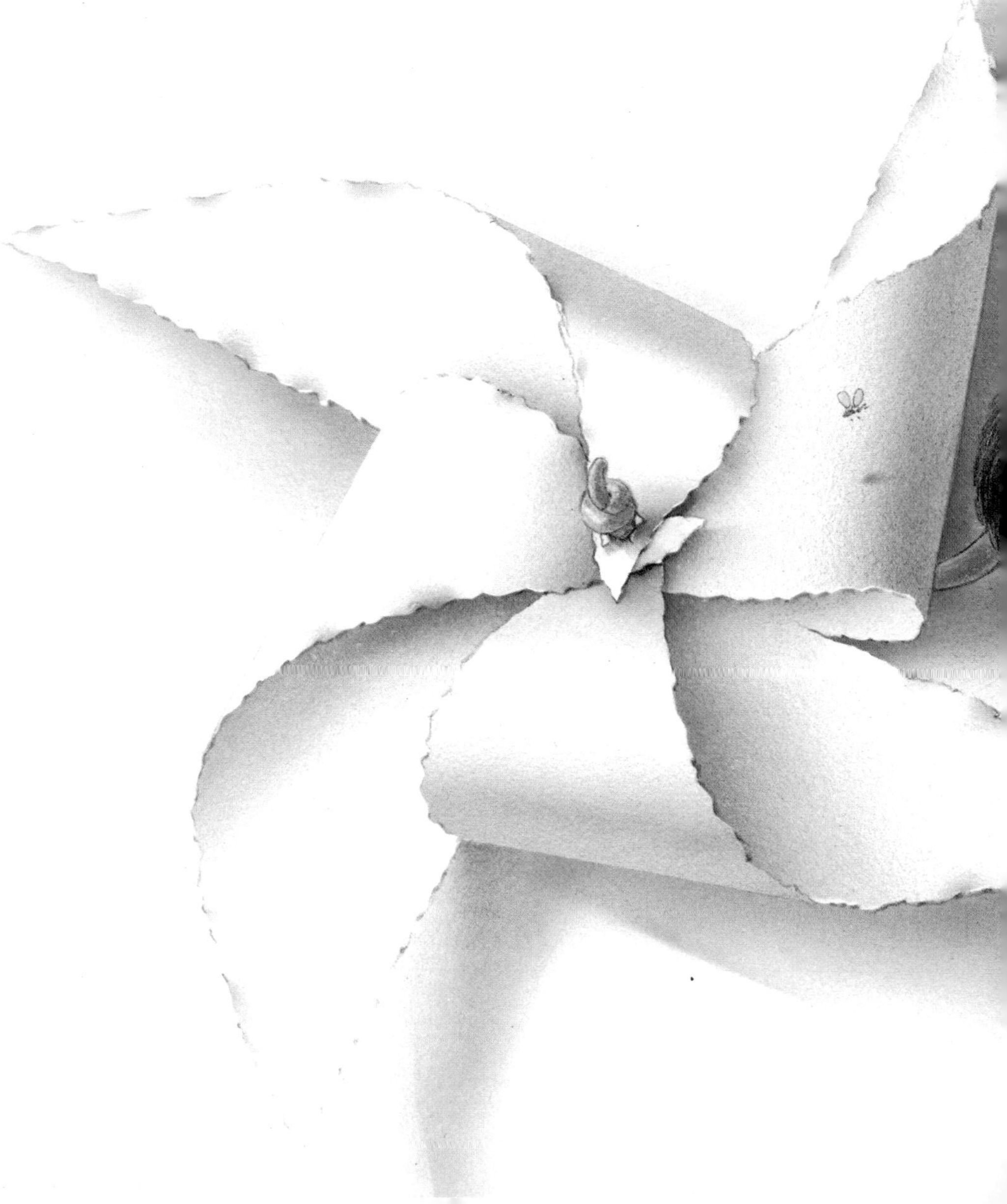

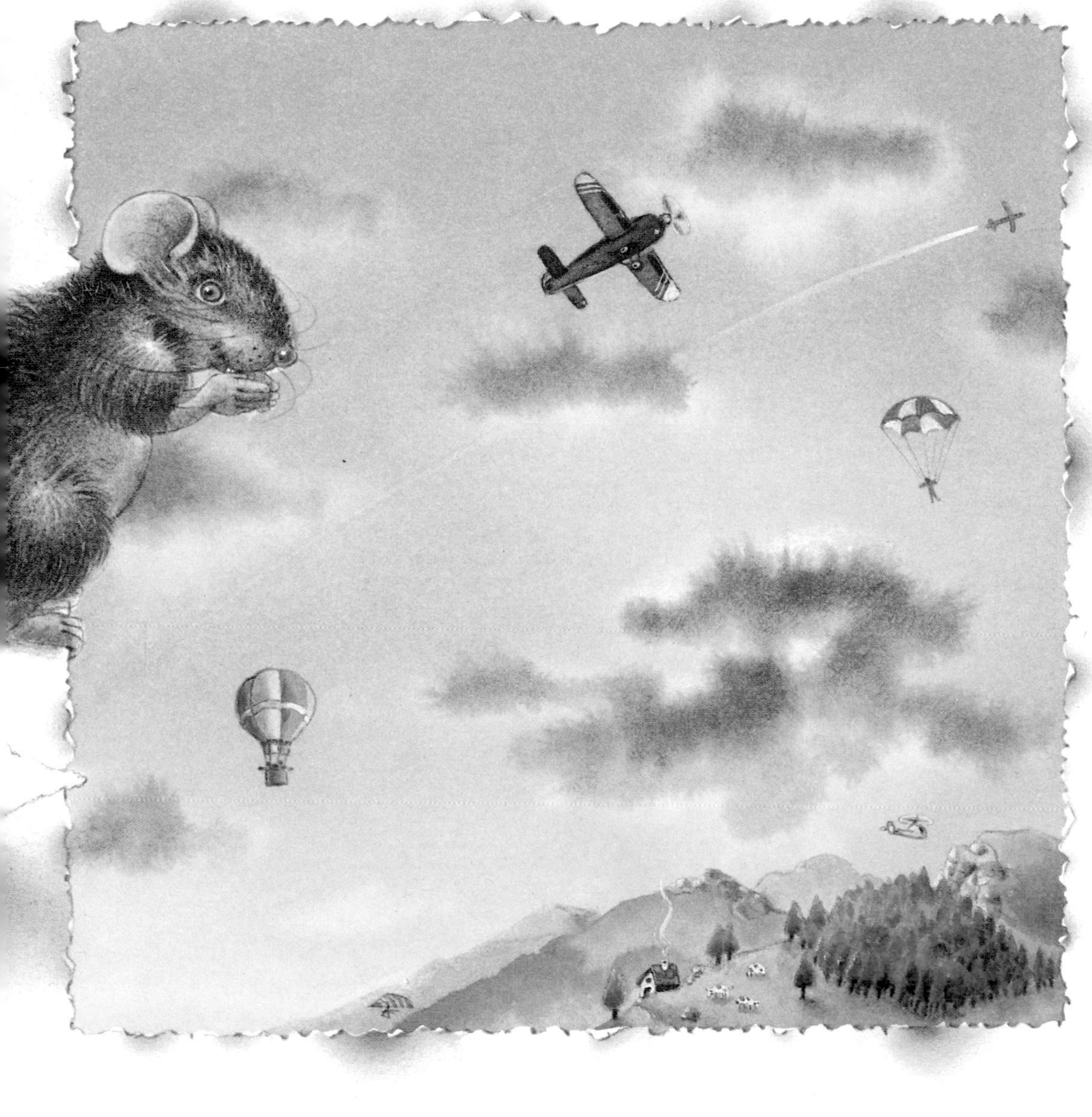

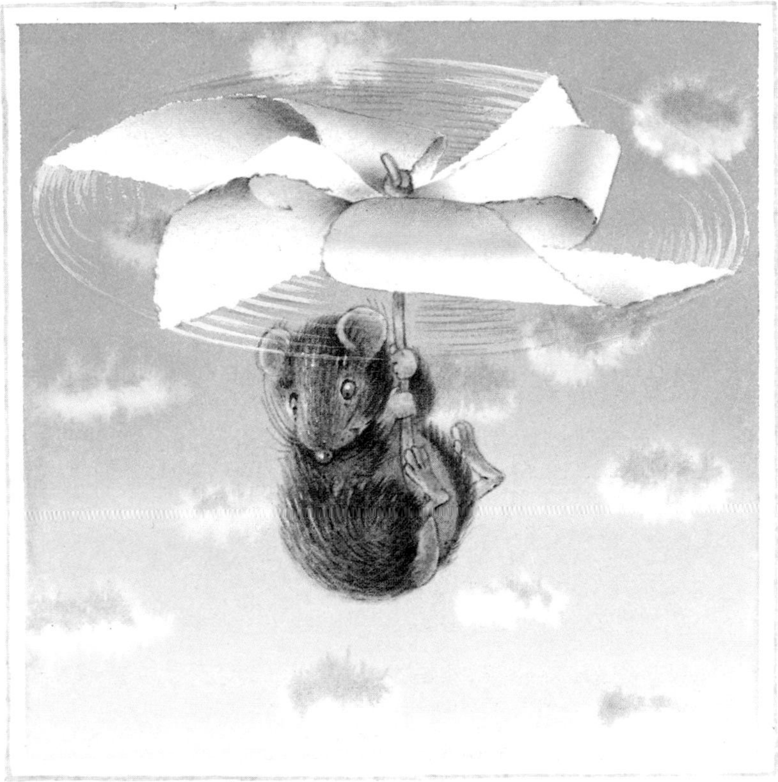